LIKE THE BEAST VOL.3
ほんと野獣 3
山本小鉄子
Kotetsuko Yamamoto

Sommaire

LIKE THE BEAST3

KOTETSUKO YAMAMOTO

LIKE THE BEAST CHAPITRE.6
ほんと野獣
第6話 前編

Zzzz
cui
cui
cui
cui
PLOP
zzz
Même pas six heures...
GRMF
Zzzz

Ses cheveux ont poussé !
frotte
Nmmh !
......
BISOU
SALUT....
HELLO ♥
Tu fais quoi ?
Je mange ton oreille ♥
BISOU
BISOU

J'AI ENCORE ENVIE DE DORMIR...
DORS, ALORS. MOI JE VAIS CONTINUER DANS MON COIN.
OK..
ZZZZ
GRAB
JE VEUX LE FAIRE !!
ON LE FAIT, UEDA !!
HEIN ??
FLAP
VLOUP
...ALLEZ...
SI T'ARRIVES PAS À LA LEVER, J'UTILISERAI MA BOUCHE...
...OK ?
BOBOM

SBAM
DÉSOLÉ, IL EST TÔT...
MOI, TOMOHARU UEDA, ET MON ADORABLEMENT SEXY PETIT AMI AKI GOTÔDA, COMME D'HABITUDE...
La vache !
WOUAH !
AH...
HAAH...
AH
AH
Il a pas eu besoin d'utiliser sa bouche, pour finir...
UE... DA...
J'VAIS... JOUIR...
AAH...
J'vais être à la bourre...
Je suis vraiment pas raisonnable...
ARGH, JE VAIS ÊTRE EN RETARD !!

IL Y A DU PAIN POUR LE DÉJEUNER, SERS-TOI !
OK.
JE VIENDRAI TE VOIR DANS LA JOURNÉE !
D'ACCORD. J'Y VAIS !
VLAM
GROOWWLL
GRRRUUURRL
GRRRLL
JE CRÈVE LA DALLE.
C'est ça que de faire de l'exercice dès le matin…

Ueda l'a sorti exprès
PAIN BONNE JOURNEE !
Pain bonne journée
4 tranches
OK, JE VAIS BOUFFER ÇA !
AKI, C'EST PRÊT
DING !
ALORS...
FAUT TOURNER CE BOUTON...
VUIIP
ET ATTENDRE QUE ÇA FASSE «DING».
2
3
4
5
6
7
8
9
10
15
20
MAX.
Bizarre...
TIC
TIC TIC
Ça va plus vite quand c'est Ueda qui le fait...
VZZ
VZZ
!!
PARDOOON ?? ÇA A PAS ENCORE FAIT DING, POURQUOI C'EST TOUT NOIR ??
...
Ah, il reste encore deux tranches
POURQUOI ÇA NOIRCIT AVANT LE DING, BON SANG ?? UEDA, CONNARD, TA MACHINE EST MORTE !
3ème essai
2ème essai
...

HÉ, TOI
C'EST TOI UEDA, HEIN ?
VOUS AVEZ BESOIN DE QUELQUE CHOSE ?
HAH ??
M'ÉNERVE PAS OU JE TE BUTE !

OOH...
...
GRRR
VRRRT
EFFECTIVEMENT, CE N'EST PAS UN HOMME ORDINAIRE.

JE CONNAIS...
CE VISAGE...
EST-CE QUE VOUS ÊTES...
LA MAMAN D'...
ENCHANTÉE DE TE RENCONTRER, UEDA-KUN.
JE SUIS LA MÈRE D'AKI.
Bingo...

SBAM
!?
BLAM

KOBAN
!
Finalement, il a acheté à manger dans un combini
Ahn...

SALUT, SEMPAI !
BONJOUR...
UEDA EST À L'INTÉRIEUR ?
NON, IL N'EST PAS ENCORE ARRIVÉ...
Miom
Schrick
HEIN ??
J'AI APPELÉ CHEZ LUI, MAIS IL N'A PAS RÉPONDU...
ET SON PORTABLE ??
J'AI ESSAYÉ AUSSI, BIEN SÛR, MAIS PAS DE RÉPONSE...
C'EST PAS POSSIBLE ! JE VEUX DIRE...
JE SUIS RESTÉ CHEZ LUI CETTE NUIT... ET IL EST PARTI À L'HEURE !

ALORS POURQUOI...
UN ACCIDENT ??
DRIIIING
NON,
ON EN AURAIT ENTENDU PARLER...
!?
CLAP
DRIIIING
!?
APPEL
Maman
BIP
QU'EST-CE QUE TU ME VEUX ??
Ça fait longtemps, imbécile de fils...
Hu hu hu,
Tu ne retrouves pas ton petit-ami ?
HEIIN ?
J'AI PAS LE TEMPS DE BAVARDER, LÀ !

...
Comment tu sais...?
Me dis pas que...

IL EST VRAIMENT BEAU...
IL EST AVEC TOI ??
Pas besoin de t'inquiéter.
IL EST PLUTÔT MUSCLÉ.
ET L'UNIFORME LUI VA BIEN ! ♥
Attends !
Je vais m'occuper de lui aujourd'hui.
Bye bye !
HEY !!
Attends !
BIP
tuuu tuuu tuuu

Bonjour, vous êtes bien sur la messagerie du...
MERDE !!
GGHH !!
VIEILLE SORCIÈRE, T'AS ÉTEINT TON PORTABLE ??
EUH... TU AS DIT UEDA...?
CLAP
DÉSOLÉ, SEMPAI...
HU ?
UEDA...
A ÉTÉ KIDNAPPÉ PAR MA MÈRE...
HEIIIIIIIIN ??
TA... TA MÈRE, LA CHEF DU CLAN ??
KIDNAPPÉ ??
POURQUOI LUI ??
JE NE SAIS PAS, MAIS... TU PEUX FAIRE EN SORTE QU'IL NE SOIT PAS VIRÉ POUR N'ÊTRE PAS VENU AUJOURD'HUI ?

EH BIEN... JE PEUX FAIRE PASSER ÇA POUR UN CONGÉ MALADIE, MAIS...
OK !!
JE VAIS LE RÉCUPÉRER !!
CLAP
JE TE CONFIE LE RESTE !! SEMPAI !!
...

JEUNE MAÎTRE ??
OÙ EST MON PÈRE ?
BAM
BAM
DANS LE SALON...
SBAM
PAPA !!

T'ES BIEN BRUYANT, CE MATIN.
MAMAN A KIDNAPPÉ UEDA !
HAH ?
DÉJÀ, COMMENT ÇA SE FAIT QU'ELLE LE CONNAISSE ??
BAM
C'EST TOI QUI LUI AS ORDONNÉ ??

.....
C'EST QUOI CETTE RÉACTION ??
T'AS QUELQUE CHOSE À VOIR AVEC ÇA, PAS VRAI ??
JE NE SUIS PAS AU COURANT POUR LE KIDNAPPING...
MAIS C'EST VRAI QUE J'AI PARLÉ D'UEDA À MIYABI HIER.
QU'EST-CE QUE TU LUI AS DIT ?
QUE TON COPAIN AVAIT BEAUCOUP DE COURAGE...
MAIS JE N'AURAIS JAMAIS PENSÉ QU'ELLE FERAIT QUELQUE CHOSE COMME ÇA...
HAA...
GRRR
... C'EST TA FEMME.

TU DEVRAIS AU MOINS CONNAÎTRE LE CARACTÈRE DE TA PROPRE FEMME !!
LE POULPE !
HI HA BOM
HI HA BOM
EN VOITURE !!
Tout de suite !!
HI HA BOM
HEIN ??
HAA...
On peut pas partir maintenant, je suis en tablier !
LA FERME !
Je m'en fous de ton tablier ! Garde-le !
Faut qu'on trouve où elle est allée !
SON CARACTÈRE, HEIN ?
C'EST LE MÊME QUE LE TIEN...
VOUS VOUS RESSEMBLEZ COMME DEUX GOUTTES D'EAU.

AH LÀ LÀ...
TU Y ES ALLÉ TROP FORT...
VLOUP
JE SUIS VRAIMENT DÉSOLÉ... JE...

JE VEUX DIRE, CE TYPE EST LE COPAIN DU JEUNE MAÎTRE...
...
VLOUP
MHH...
?! Un yukata... ?
AH, TU ES RÉVEILLÉ ?

JE M'EN DOUTAIS, C'EST PARFAIT.
POUR UN BEAU GARÇON, RIEN DE MIEUX QUE LES HABITS TRADITIONNELS.
Et puis ton uniforme était sale.
JE ME SUIS ÉVANOUI ?
OUI, PENDANT ENVIRON CINQ HEURES.
HO HO !
TU M'EN VOIS NAVRÉE. SHIGE T'A FRAPPÉ AVEC UN BÂTON.
!
UN BÂTON...
ça, ça ferait mal...
Enfin, mieux vaut ça qu'une barre de fer...
MES HOMMES SONT TOUS DES ADMIRATEURS DE MON STUPIDE FILS.
SI TU VEUX BIEN LE PARDONNER...
ILS SONT JALOUX QUE TU AIES RÉUSSI À LE VOLER.
ici, ici
pouic pouic
?
QUAND ON T'A MIS LE YUKATA,

SHIGE A VU LES SUÇONS ET IL A ESSAYÉ DE T'ÉTRANGLER.
J'AI DÛ INTERVENIR POUR TE GARDER EN VIE.
Ah... Ça date de ce matin...
べっとり
SMOOOTCH
DÉSOLÉ...
Ah là là...
...CRY
OÙ EST-CE QUE JE SUIS ?
DANS MA MAISON FAMILIALE,
LE CLAN KIRISHIMA.
桐島組
Clan Kirishima

AH BON ? PAS LE CLAN GOTÔDA ?
GOTÔDA EST LE CLAN DE FAMILLE D'AKIRA-SAN.
CLAN GO-TÔDA
TROI-SIÈME CHEF
CLAN KIRI-SHIMA
DEU-XIÈME CHEF
On se sent seuls quand on est séparés, mais on n'y peut rien.
ALORS AKI EST UN YAKUZA PUR-SANG ?
DÉSOLÉE POUR LA PRÉSENTATION TARDIVE...
JE M'APPELLE MIYABI GOTÔDA.
CHEF DU CLAN KIRISHIMA.

VUIIP
ENCHANTÉ.
JE M'APPELLE TOMOHARU UEDA.
RAVI DE VOUS RENCONTRER.

?
...PFF !
FU FU !
HA HA HA !
?
TU ES EXACTEMENT COMME ME L'A DÉCRIT AKIRA-SAN !

TU SAIS...
JE PENSE QU'AKIRA-SAN VEUT TE RECRUTER.
.....??

[NdT : bocchan = jeune maître]

UEDA !!
SBAM !!
HEY !

SALUT, AKI.
SNIF
NON, PAS «HEY!»
GLOMP
WAH !
SALAUD !!

HÉ, AKI...
FAIS GAFFE À L'ARRIÈRE DE MA TÊTE...
Aïe Aïe
SEEEERRE
La ferme...
J'ai une bosse là où on m'a frappé...
JE SUIS SOULAGÉ QUE TU SOIS SAIN ET SAUF...
DÉSOLÉ DE T'AVOIR INQUIÉTÉ...
MH...

OH ! ♥ REGARDE, IL Y A UN FUTON LÀ !
HU ?
BISOU ♥
POU
EUH... C'EST PAS TROP LE BON MOMENT...
SOIS PAS SI COINCÉ.
FF
C'EST PAS COMME SI QUELQU'UN REGARDAIT...

BOU HOU HOU
WHAA !!
Vous étiez là ??
SOUPIR
Aïe aïe !
GRAB
ÇA FAIT LONGTEMPS, AKI.
JE VOIS QUE TU AS TOUJOURS AUSSI MAUVAIS GOÛT QU'AVANT.
Un costume jaune flashy...
Incroyable...
LA FERME, SORCIÈRE !!
QU'EST-CE QUE TU AS FAIT À UEDA ??

GYAAH
POURQUOI TU L'AS HABILLÉ COMME ÇA ??
Ça fait vieux, c'est ringard !
GYAAH
GYAAH
SILENCE !!
T'as pas intérêt à critiquer mes goûts, toi en particulier !
GYAAH
...
J'aurais cru autre chose...
C'EST LÀ-DESSUS QU'IL ÉTAIT FÂCHÉ ?
UEDA !
ON SE CASSE D'ICI.
JE CRAINS QUE CE SOIT IMPOSSIBLE.
UEDA-KUN VA RESTER ICI UN PETIT MOMENT.
CRRIIIC

TAP
!?
JE VOUS GARDE ICI.
DE QUOI TU PARLES ?? UEDA EST
POL...
SCHBAM !!
GHE

CHUCHOTE
Laisse-moi te dire une chose
CWIP
Il faut absolument qu'on garde la nature du travail d'Ueda secrète vis-à-vis des membres du clan.
Parce que si ça venait à être découvert, je ne pourrais pas garantir sa sécurité.
La chef est aussi sévère que d'habitude !
Mais pauvre bocchan...
POURQUOI TU...?

JE SOUHAITE...
QU'UEDA-KUN REJOIGNE LE CLAN GOTÔDA.

LIKE THE BEAST
CHAPITRE.6
ほんと野獣
第6話 中編

Je souhaite qu'Ueda-kun rejoigne le clan Gotôda.
CRAAA
CRAA
ET DONC, JE SUIS ACTUELLEMENT...
SÉQUESTRÉ DANS CETTE MAISON.
AH, LES CORBEAUX RENTRENT CHEZ EUX...

MAIS N'EMPÊCHE...
COMME ON DIT, «LES CHIENS NE FONT PAS DE CHATS»...
P
CRÈVE !
M
Je te séquestre.
F
TA GUEULE !
JE LEUR RESSEMBLE PAS DU TOUT !
ぬううん
GRRR
EUH, DITES...
HM ?
VOUS N'AVEZ PAS BESOIN DE ME SURVEILLER, JE NE VAIS PAS M'ENFUIR...
GAH
VOUS ÊTES SHIGE-SAN, C'EST ÇA ?
M'APPELLE PAS COMME ÇA !
CONNARD !
CRAC
CRAC
TU VEUX QUE JE TE BRISE LE CRÂNE UNE NOUVELLE FOIS ?

WOOOM
SBAF
GEEH !!
!!
!!
SHIGE !!
SI TU TOUCHES À UEDA, JE TE DÉCAPITE !!
WAH, ÇA A L'AIR DE FAIRE MAL...
...

BO...
BOCCHAN, CETTE TASSE, ELLE VIENT DE L'ALCÔVE ?
Non...
CRIC
CASSÉ
Ouais
ET ALORS ?
C'EST... ÇA VIENT DE LA COLLECTION DU BOSS...
!
ALLEZ !
LA FERME !!
VA TE FAIRE FOUTRE !! DÉGAGE !!
uwa...
C'EST MÉCHANT, BOCCHAN !
LA FERME !

T'AS CHANGÉ DE VÊTEMENTS...
OUAIS...
SI JE NE PORTE PAS ÇA QUAND JE SUIS ICI, LA VIEILLE SORCIÈRE EST TOUJOURS SUR MON DOS.
C'est une maniaque du style japonais !
JE VOIS.
MAINTENANT QUE J'Y PENSE, TON PÈRE AUSSI S'HABILLE COMME ÇA.
J'AIME PAS DU TOUT, PERSO.
DOMMAGE, ÇA TE VA BIEN...
LA FERME !
JE SUIS DÉSOLÉ...
QUE TU SOIS IMPLIQUÉ DANS TOUT ÇA...

AKI, TU AS TON TÉLÉPHONE ?
HEIN ? OUAIS.
!!
Oh, tu le mets dans tes manches
JE VEUX APPELER SEMPAI, MAIS LE MIEN A ÉTÉ CONFISQUÉ.
BAH, ON N'Y PEUT RIEN...
ET POUR TON BOULOT ?
JE FERAI PASSER ÇA SUR MES CONGÉS PAYÉS.
JE VAIS LUI DIRE QUE J'AI ÉTÉ INVITÉ DANS TA MAISON DE CAMPAGNE.
INVITÉ... HEIN ?
VRAIMENT...
MERCI
HOP
ILS RISQUENT DE TE VIRER SI T'ES ABSENT TROP LONGTEMPS...
NE T'INQUIÈTE PAS.
Alors, le numéro de sempai...
clic
clic

C'EST PARCE QUE T'AS CE CARACTÈRE-LÀ QUE TU TE RETROUVES TOUJOURS IMPLIQUÉ LÀ-DEDANS...
MAIS...
J'AIME BIEN CE CÔTÉ DE TA PERSONNALITÉ...
OOOH !!
INCROYABLE, DE LA POUSSIÈRE ICI !
FLAP
FLAP
FLAP
FLAP
!!
GEH

SHIGE...
HIII
GRRRRR
WAAAAH
BOCCHAN, A...ARRÊTEZ !!
J'VAIS TE BUTEEER !
GYEEEH !
TA GUEULE !!
BAM
BAM
BAM
BAM
AH LÀ LÀ...
GYAAAAH
GLISSE
Mfufufu
C'EST L'HEURE DE LA VISITE NOCTURNE !
UEDA, PRÉPARE-TOI ! ♥
CRIIC
CRIIC

DADAM
Chambre d'Ueda.
......
DÉGAGEZ.
NON.
AU MOINS, TANT QUE VOUS SEREZ ICI,
JE PROTÈGERAI VOTRE CHASTETÉ !!
COMME SI J'ALLAIS VOUS LAISSER FAIRE ÇA AVEC UN TYPE COMME LUI !!
......
CHA...
Chasteté...?

T'ES CON OU QUOI ??
C'EST TROP TARD POUR ÇA !! UEDA ET MOI, ON A COUCHÉ ENSEMBLE UN MILLIARD DE FOIS !
IL EN A PAS L'AIR, MAIS C'EST UN OBSÉDÉ !
GYAH !
NON ! ON NE VEUT PAS ENTENDRE ÇA !!
Il a l'air d'être incapable de faire du mal à une mouche !
TCHAC
Allez, dégagez !
Non !
....
GYAAH !!
N'EMPÊCHE...
OÙ QUE SOIT AKI, TOUT LE MONDE L'ADORE...
Enfin il est trop mignon, normal...
Ueda aussi est fan d'Aki.
GYAAH !

EH BIEN ?
TU AS EU DU TEMPS POUR RÉFLÉCHIR, TU AS CHANGÉ D'AVIS ?
JE CRAINS QUE NON...
N'a pas beaucoup dormi parce qu'il a passé la nuit à se disputer avec Shige et les autres
miom
miom
Fu fu
ALORS C'EST UNE GUERRE D'USURE...
cui
cui

DAM
DAM
DAM
DAM
DAM
DAM
DAM
WAAAAH
WAAAAH
JE M'ENNUIE...
BAM
BAM
BAM
BAM
BAM
DAM
DAM
DAM
DAM
DAM
DAM
DAM
WAAAAH
FLAP
FLAP
FLAP
CUI CUI
AKI S'AMUSE AVEC LES MEMBRES DU CLAN...
IL NE S'AMUSE PAS.
BAM
JE T'AI DIT DE DÉGAGER !!
BAM
Ne laissez pas Bocchan approcher ce type !
GEH...
BLAM !!
H !
ÇA VA, SHIGE-SAN ?
Vous saignez du nez...
QU...
D'OÙ TU ME PARLES COMME À UN POTE ? ON N'A PAS GARDÉ LES COCHONS ENSEMBLE !!

ALLEZ, NE DITES PAS ÇA.
VOUS NE VOULEZ PAS VOUS ASSEOIR ET PARLER UN PEU AVEC MOI ?
Je m'ennuie...
DIS DONC, JE ME POSE UNE QUESTION DEPUIS LA PREMIÈRE FOIS QUE JE T'AI VU...
T'ES VRAIMENT UN DES NÔTRES ?
....
Il ne faut pas que le travail d'Ueda-kun se sache.
Sinon, je ne pourrais pas garantir sa sécurité.
HM,
EN QUELQUE SORTE...
C'EST VRAI QUE TU N'AS PAS PEUR DE MOI ALORS QUE JE T'AI FRACASSÉ LE CRÂNE AVEC UN BÂTON... MAIS...
MAIS QUOI ?

JE T'AI DIT DE M'INSULTER !!
PARDON ?
NAN, C'EST PAS NORMAL ! VAS-Y, INSULTE-MOI !!!
JE PARLE NORMALEMENT...
LA FAÇON DONT TU PARLES M'ÉNERVE TROP !!
GRAAAH
MAIS JE NE SUIS PAS EN COLÈRE, JE NE PEUX PAS VOUS INSULTER...
C'EST PAS LE PROBLÈME !
FAUT LE DIRE COMME ÇA :
«J'SUIS MÊME PAS EN COLÈRE CONTRE TOI, ALORS J'VOIS PAS POURQUOI JE T'INSULTERAIS, P'TIT CON !»
ÇA A L'AIR MARRANT.

MOI AUSSI, J'VEUX VOIR ÇA. IL DIT JAMAIS DE GROSSIÈRETÉS.
ET IL S'ÉNERVE JAMAIS NON PLUS...
GEH ?
IL N'Y ARRIVERA JAMAIS COMME ÇA, BOCCHAN !
OK, ON VA LUI APPRENDRE À PARLER COMME UN VRAI YAKUZA !
ATTENDS... AKI...
IL S'AMUSE ...
D'ABORD, FAUT QUE TU APPRENNES LES BASES EN QUATRE POINTS !
1 Hey là !!
2 On s'est excusés, pas besoin de flic !
3 Tu veux mourir ou tu veux que je te tue ?
4 Fais ton choix !
Les vraies bases :
- Bonjour
- Merci
- Excusez-moi
- Je suis désolé
Ça vient d'où ce truc ?
RIEN QU'EN LISANT ÇA, IL DEVRAIT Y AVOIR DU RÉSULTAT !
OK, MONTRE-NOUS SI ÇA A MARCHÉ !
AKI...
HM ?
FLOUP
FLOUP

MURMURE
1. JE
2. T'AIME
3. À
4. MOURIR.
BLUUUSH
VOILÀ POUR LES QUATRE BASES.
OK...
BOCCHAN, QU'EST-CE QU'IL Y A ?? VOUS ÊTES tout ROUGE !!
Et LES BASES ALORS ??
La ferme, on s'en fout.
....
Argh ! Bocchan est hors-jeu !
BON ALORS SUIVANT, UN TEST DE FORCE !
TU VAS TE BATTRE CONTRE MOI !!
!?
De force ?

[*Ndt : ippon = point gagné quand l'adversaire est à terre pendant au moins 25 secondes ou obligé d'abandonner]

C'EST JUSTE DU SPORT, HEIN ?
NYÉHÉ
PAS LA PEINE DE M'EN VOULOIR SI JE TE BRISE QUELQUE CHOSE.
PAS DE SOUCI.
JE SUIS CONTENT DE FAIRE DE L'EXERCICE.
GRRR
SHIGEEE TUE LE !
UEDA-KUN SAIT FAIRE DU JUDO ?
JE DIS ÇA COMME ÇA, MAIS SHIGE EST CEINTURE NOIRE...
Des fois on dirait qu'il utilise des prises de judo pour attraper les fuyards...
JE PENSE QU'IL SAIT... MAIS JE SUIS PAS SÛR...
START !!
DADAM
YAAA !

GRAB
SUPER, J'AI UNE PRISE !
AH ?
WHAM
BAM!
AH LÀ LÀ !
Incroyable !

SILEEEEEEENCE
I...
IPPON...
C'EST FINI...
...
SHIGE-SAN !
ON RECOMM...
SUPER !! T'ES TROP FORT, UEDA !!
TAP TAP
COUP DE BOL.
AH LÀ LÀ, IL S'EST ÉVANOUI...
HEY, ESPÈCE DE LOSER !!
....

Aah...
T'es trop nul, Shige
Tu t'es fait botter les fesses en beauté.
ÇA LUI APPRENDRA À SOUS-ESTIMER UEDA !
SHIGE-SAN...
EUH...
AH !

QUOI ??
J't'ai dit d'arrêter de me prendre pour ton pote !
C'EST QUE...
ÇA FAIT BEAUCOUP DE NOURRITURE POUR POISSON...
MAIS Y'EN A TROP !
À MANGER !
À MANGER !
ÇA FAIT MAL !
SPLASH
SPLASH
SPLASH
Peux plus respirer !
!?
Merde... J'ai vidé le sac...
Délicieuse nourriture pour carpes colorées
Luxury
Ça veut pas dire que je t'en dois une !
Je sais.
ICI...
TOUT LE MONDE ADORE AKI...
C'EST PARCE QUE...
BOCCHAN A ÉTÉ ÉLEVÉ ICI JUSQU'À SES DIX ANS...
OH...
MAIS À PRÉSENT, ON NE LE VOIT QUE QUELQUES JOURS PAR AN.

ET IL EST DEVENU ENCORE PLUS SEXY...
SURTOUT SES HANCHES, ELLES...
AHEM...
E... EN TOUT CAS...
JE N'ACCEPTERAI PAS DE LE LAISSER À QUELQU'UN DE PLUS FAIBLE QUE MOI !!
J'AI GAGNÉ CONTRE VOUS TOUT À L'HEURE.
C'ÉTAIT JUSTE UN COUP DE BOL !
WHAM
UN SIMPLE COUP DE BOL !!
...
Bon !
Allez, au boulot !

FU FU FU.
MERCI DE T'OCCUPER DE MES GARÇONS.
AH, VOUS REGARDIEZ ?
JE VIENS D'ARRIVER.
C'EST VRAIMENT DU GÂCHIS...
TU NE POURRAIS PAS SIMPLEMENT DIRE OUI À MA REQUÊTE ?
JE SUIS DÉSOLÉ...
AKI EST OBSTINÉ, MAIS JE CROIS QUE TU L'ES ENCORE PLUS.
EST-CE QU'IL Y A UNE RAISON POUR LAQUELLE TU SOUHAITER RESTER POLICIER ?

LE SALAIRE N'EST PAS EXTRAORDINAIRE, PAS VRAI ?
C'EST VRAI...
MAIS J'AIME AIDER LES GENS.
... UN BON SAMARITAIN, DONC...
AKI M'A DIT LA MÊME CHOSE.
EST-CE QUE TU AIMES AKI ?
OUI.
ALORS TU NE VEUX PAS FAIRE ÇA POUR LUI ?
AKI DIT QU'IL M'AIME TEL QUE JE SUIS.

ALORS JE NE PEUX PAS UTILISER ÇA COMME APPÂT, HEIN...?
DANS CE CAS...
JE SUIS OBLIGÉE D'UTILISER LA MANIÈRE FORTE.
ÇA SUFFIT, MIYABI.
!!
AKIRA-SAN...
POURQUOI...

JE NE T'AI JAMAIS DIT DE FAIRE ÇA.
MAIS...
JE FAISAIS ÇA POUR TOI...
D'ABORD,
CE N'EST PAS LE GENRE D'HOMME À DIRE OUI DANS UNE SITUATION PAREILLE.
PAS VRAI, UEDA ?

UEDA !
!?
TIENS ? PAPA ?
Pourquoi t'es là ?
clack
AKI, RAMÈNE UEDA CHEZ LUI.
HEIN ?
JE PEUX ?
PAS BESOIN DE PERMISSION.
TU COMPTES RESTER PLANTÉ LÀ JUSQU'À QUAND ?
Alors je vais dire au Poulpe de préparer des affaires !
Viens, Ueda !

C'EST MA FEMME.
PAS BESOIN DE T'INQUIÉTER.
ALLEZ, VAS-Y.
BON, EH BIEN EXCUSEZ-MOI...
AKI RESSEMBLE TELLEMENT À SA MÈRE...
Deux Aki dans une famille de trois... génial !

PLIC
PLOC
PLIC
SHHH
POURQUOI TU N'ATTENDS PAS ICI JUSQU'À CE QUE LA PLUIE S'ARRÊTE ?
ON PEUT PAS, UEDA DOIT RENTRER.
NON, JE VOUS REMERCIE POUR VOTRE HOSPITALITÉ.
UEDA-KUN... JE SUIS DÉSOLÉE.
ET POUR PAPA ?
IL VA RESTER QUELQUES JOURS ICI. ♥

VRROOOOM
ÇA TOMBE DE PLUS EN PLUS FORT...
MAIS TU TRAVAILLES DEMAIN, ALORS IL FAUT QU'ON RENTRE AUJOURD'HUI.
NON, JE ME DISAIS JUSTE QUE TU M'AIMES VRAIMENT...
QU...
QUOI ?

C...
CRÉTIN !!
Je suis sûr que le jeune maître rougit aussi.
Le poulpe qui rougit
POF
...
Wah, pourquoi je rougis autant ?
GUIP

UNE...
UNE MINUTE, C'EST QUOI, ÇA ??
GAAAAH
La pluie est encore plus forte...
BOBOM
BOBOM
BOM
Pourquoi son cœur bat si fort...?
Pour un truc comme ça...
...
POURQUOI TU ROUGIS AUTANT ?
LA FERME !!
PARCE QUE... JE SAIS PAS... ON S'EN FOUT !
FOUS-MOI LA PAIX ! C'EST BIEN COMME ÇA !
FUIP
MINCE...
Ouh... ça craint... faut que je pense à autre chose...

Ahem…
DÉSOLÉ D'INTERROMPRE VOTRE CÂLIN, MAIS…
!?
QU'Y A-T-IL ?
IL PLEUT SI FORT QUE JE NE VOIS PAS LA ROUTE.
JE CROIS QUE C'EST DANGEREUX D'ALLER PLUS LOIN.
OUI…
EST-CE QU'IL NE VAUDRAIT MIEUX PAS RENTRER À LA MAISON KIRISHIMA POUR LA NUIT ?
Euh…
LA ROUTE EST COMPLÈTEMENT INONDÉE ET LA VOITURE EST COUVERTE DE BOUE… ON FERAIT MIEUX DE RENTRER…
NAN, ÇA SERAIT TROP CHIANT ! CONTINUE, CONTINUE !
EN PRENANT LA ROUTE LÀ, ON ARRIVE À L'AUTOROUTE !
DÉPÊCHE-TOI D'AVANCER !
Le poulpe !

À CAUSE DE LA PLUIE, LA ROUTE RESSEMBLE À UNE RIVIÈRE...
SCH
...
TAKIHAZE-SAN, IL FAUT QU'ON FASSE DEMI-TOUR !
Snif
COMPRIS...
SSC
ALLEZ, UEDA, ON A DÉJÀ FAIT PAS MAL DE ROUTE !
NON, C'EST TROP DANGEREUX.
FSSCH

AKI,
TU N'AS JAMAIS ENTENDU PARLER DES CRUES ?
DES CRUES ?
Quel rapport ?
PSSCHHHHHH
... AH !
.........!!

WAAAAAAH
Une crue ?
!!
......
BOLOM
.....
SSHHH

...NH...
AOUTCH...
JEUNE MAÎTRE...
JEUNE MAÎTRE, ÇA VA ??
OUAIS... ET TOI ?
J'AVAIS MA CEINTURE, DONC ÇA VA...
ON A FAIT UN TONNEAU...
JEUNE MAÎTRE... ET UEDA ??
OUAIS...
PLIC
UEDA, TU M'AS PROTÉGÉ...
MERCI...
!?

U-
E-
PLIC
DA...
....

LIKE THE BEAST CHAPITRE.6
?!
?!
ほんと野獣
第6話 後編

SSCHHH
U...
CLING
UEDA...?

SCHBAM
UEDA !!
RÉPONDS-MOI, MERDE !
SECOUE
SECOUE
?!!-GYAH
JEUNE MAÎTRE !!
Vous êtes en train de cogner sa tête contre le verre !!
IL EST VIVANT, IL EST VIVANT !! VOUS ALLEZ EMPIRER LES CHOSES SI VOUS LE SECOUEZ COMME ÇA !
HEIN ?
GEH ...
BOM
BOM
BOM
Il faut toujours faire attention à ne pas bouger les blessés !

JE T'AVAIS BIEN DIT DE PARTIR UNE FOIS QUE LA PLUIE SE SERAIT CALMÉE...
TU AS TOUJOURS CETTE MAUVAISE HABITUDE DE NE PAS RÉFLÉCHIR AVANT D'AGIR...
JE ME DEMANDE BIEN DE QUI TU TIENS ÇA...
...
LA FERME !!
MERCI BEAUCOUP.
De rien. Faites attention à vous.
!!

VLAM
UEDA !!
AH...
VOUS ÊTES VENUS ME VOIR...?
TU AS ÉTÉ BLESSÉ EN PROTÉGEANT NOTRE IDIOT DE FILS, ALORS...
ET DONC ? COMMENT ÇA VA ?
RIEN DE SÉRIEUX. IL Y AVAIT BEAUCOUP DE SANG À CAUSE DE LA BLESSURE À LA TÊTE...
JE LUI AI FAIT CINQ POINTS DE SUTURE.
Cinq ??
Ça fait très mal, en fait
...
Et au moins deux parce que le jeune maître le secouait...

UEDA-KUN, TU AS ÉTÉ FRAPPÉ HIER AUSSI, N'EST-CE PAS ? EST-CE QUE TA TÊTE VA BIEN ?
OUI, ÇA VA...
MINCE, S'IL AVAIT PERDU SES SOUVENIRS, J'AURAIS PU LE RECRUTER DANS LE CLAN...
Vieille sorcière !
ARRÊTE DE DIRE DES CONNERIES PAREILLES !!
cric
cric
cric

DÉGAGE...
CE SONT LES MÉDICAMENTS PRESCRITS PAR L'HÔPITAL.
zuip
SI VOUS ALLEZ DANS SA CHAMBRE, PRENEZ-ÇA AVEC VOUS PENDANT QUE VOUS Y ÊTES.
Renversez pas l'eau !
Médicaments
Ueda Tomoharu
Matin - midi - soir

CRIIC
CRAC
CRIIC
...!
GRAH !
Merde
QU'EST-CE QUE TU FAIS ?
wah! Ouvre pas sans prévenir !
J'AI LES MAINS PLEINES, ALORS J'ESSAYAIS D'OUVRIR LA PORTE AVEC MES PIEDS, ET...
Tiens ! Prends ça !
T'aurais pu m'appeler, je t'aurais ouvert
HA HA HA, MERCI !
Médicaments
Matin - midi - soir
Ueda Tomoharu
GLOUP

FINALEMENT, ON SE RETROUVE À RESTER UNE NUIT EN PLUS...
POC !
....
HÉ, NE FAIS PAS CETTE TÊTE-LÀ...
CE N'ÉTAIT RIEN DE SÉRIEUX.
Mais... Cinq points de suture !!

JE VAIS BIEN...
TU VOIS ?
... !
PLOP

Plop
Plop
Plop
HEIN ?
QU'EST-CE QU'IL Y A ?
Plop
... J'SAIS PAS !
HIC
Plop
UH
ÇA... ÇA SORT TOUT SEUL...
UH ...
ME... REGARDE PAS...
UUUUH...

UH...
AH...
AKI...
JE CROIS QUE C'EST LA PREMIÈRE FOIS QUE JE TE VOIS PLEURER...
JE VEUX VOIR...
CRAB
LAISSE-MOI TE REGARDER...
CRÉT...
... NAN !

WAH...
PAF
...!
JE T'AI DIT DE PAS REGARDER !!
HU ?

URGH
SBAM
GYAAAH !!
UEDAAA !!
J'SUIS DÉSOLÉ !!
....
AAAH, IL S'EST ÉVANOUI !!
C'EST... C'EST TERRIBLE...
C'est trop dangereux de sortir avec Bocchan !
Mais... Mais c'était de ta faute !
Fallait pas faire ça !
IL VA MOURIR BIENTÔT, À CE RYTHME-LÀ...
UN COUP CRITIQUE JUSTE LÀ OÙ IL A ÉTÉ BLESSÉ...

[*NdT : Envers le chef de la mafia, «san» est considéré comme impoli]

T'AS BESOIN DE QUELQUE CHOSE ?
NON, JE SUIS SIMPLEMENT VENU VOUS DIRE AU REVOIR.
C'est un dingue, ce mec !
...
FLAP
SUIP
....
...UEDA.
QUAND T'EN AURAS MARRE DE TON TRAVAIL, REJOINS LE CLAN.

C'EST QUAND
TU VEUX.

T'ES LENT !
UEDA !
AH, PARDON PARDON !
UEDA !
C'EST... DE LA PART DU CLAN...
On est allés l'acheter dans un sanctuaire tôt ce matin !
Hein ?
POF
Sécurité
......?

CHUCHOTE
ON TE CONFIE BOCCHAN !
ALORS T'AS PAS INTÉRÊT À MOURIR !
Eh oh, on y va ou quoi ?
...
Euh, merci...
HÉ, SHIGE T'A DONNÉ UN TRUC, TOUT À L'HEURE ?
Depuis quand vous êtes amis ?
... NON, RIEN...
Il se mettrait en colère, c'est sûr ...
C'est qui le danger ??
Allez vous faire foutre !!

BONJOUR, SEMPAI.
Aaah
!!
UE...!!
DÉSOLÉ DE VOUS AVOIR INQUIÉTÉ COMME ÇA.
DA...?

C'EST C'EST C'EST... C'EST QUOI ÇA ? QU'EST-CE QUI S'EST PASSÉ QUAND TU T'ES FAIT KIDNAPPER ??
T'as un bandage à la tête !
Ha ha ha !
TOUT VA BIEN, CE N'EST RIEN !
IMPOSSIBLE QUE ÇA NE SOIT «RIEN» !!
MAIS QUAND MÊME...
Bonjour !
Mon dieu ! Ue-da-san, qu'est-ce qui s'est passé ?
Un accident ?
IL LUI FAUT QUOI POUR QUE CE SOIT «QUELQUE CHOSE» ??
KOBA
Je voulais porter mon képi pour éviter d'effrayer les passants, mais ça me fait mal...
Tu m'étonnes...
YO !
← Le costume du jour : bleu ciel

HELLO !
VLOUP
HU ?
GRAB
CHUCHOTE
DÉSOLÉ, SEMPAI !
T'ES PAS TROP FÂCHÉ QU'UEDA SOIT BLESSÉ À CAUSE DE MOI ?
!
EUH, NON... JE NE SUIS PAS EN COLÈRE...
ET PUIS LE PRINCIPAL INTÉRESSÉ N'A PAS L'AIR DE S'EN SOUCIER, ALORS...
PAS FAUX ...
De quoi vous parlez, tous les deux ?
?

BREF, IL EST DE RETOUR SAIN ET SAUF !
Bon, peut-être pas «sauf», mais...
JE TE SUIS RECONNAISSANT DE L'AVOIR RAMENÉ !
MERCI !
SMILE
HÉ HÉ !
BOBOM
De quoi vous parliez ?
Ah, rien !
Argh !
Je viens de me dire qu'il était mignon !
J'ai un problème, moi !
Et c'est un yakuza !
FIIIIXE
?
J'ai quelque chose sur le visage ?
QUOI ?

Y'A PAS, C'EST VRAIMENT CES FRINGUES QUI TE VONT LE MIEUX, UEDA !
MERCI !
HA HA
ET EUX, ILS RES-SEMBLENT TOU-JOURS AUTANT À UN COUPLE !
MAIS BON...
JE SUIS SOULAGÉ !
BON, J'AI ENFIN PU ENLEVER LE BANDAGE...
Votre blessure est complètement guérie.

N'empêche…
IL FAUT VRAIMENT QUE J'AILLE CHEZ LE COIFFEUR BIENTÔT…
Ça a bien poussé pendant que j'avais le bandage…
toc toc
UEDA-SAN !
UN COLIS POUR VOUS !
Merci beaucoup !
Merci à vous
Gros colis
C'est gros !
!
Destinataire :
M. Ueda Tomoharu
Expéditeur
Mme Gotôda Miyabi
C'EST DE LA PART DE LA MÈRE D'AKI…
SCRATCH
QU'EST-CE QUE ÇA PEUT ÊTRE ?

Cher Ueda-kun, ♥
Mes plus sincères excuses pour ce qui s'est passé la fois dernière, et encore merci. Comment va ta blessure ?
Mais bon, tu es jeune, tu te remettras vite !
HO HO HO
...
M. UEDA TOMOHARU
UN COSTUME ET...
Un kimono aussi ?
Pour me faire pardonner, accepte ceci. Je crains de ne pouvoir apprécier les vêtements que tu portais l'autre fois...
Il faut de temps en temps que tu prennes le temps de t'habiller convenablement et que tu aies un rendez-vous "d'adultes" ♥
J'ai fait une réservation pour vous deux ce soir au United Hotel. Aki est au courant, il t'attendra dans le hall. Amusez-vous bien !
Miyabi Gotôda.
HEIN ??

CE SOIR... AUJOURD'HUI ??
IMPOSSIBLE !
bip
bip
Ouais ! Ce soir !
On se retrouve à 8h, ok ?
O... OK...
C'ÉTAIT VRAIMENT CE SOIR...
FU FU FU
Elle ressemble vraiment à Aki...
Et si j'avais eu d'autres plans ? Bon sang...

BLA
BLA
BLA
BLA
C'ÉTAIT VRAIMENT UNE BONNE IDÉE DE METTRE LE COSTUME QU'ELLE M'A OFFERT...
A essayé de coiffer ses cheveux trop longs
QUEL HÔTEL DE LUXE...
EST-CE QU'AKI VA VENIR HABILLÉ COMME D'HABITUDE ?
Aujourd'hui c'est un jour spécial, je suis en violet ! Ça claque hein ?
On va trop se faire remarquer...
UEDA...?

J'AVAIS PEUR DE ME TROMPER, T'ES DIFFÉRENT DE D'HABITUDE...
C'EST TOI QUI ES DIFFÉRENT DE D'HABITUDE !
C'EST LE POULPE QUI M'A DIT DE PORTER ÇA !
Je voulais pas porter un truc aussi banal, mais il a dit que c'était spécial, alors...
A... Adorable ...
Le poulpe s'est occupé de ses cheveux aussi
VOICI, GOTÔDA-SAMA.
C'EST VOTRE CHAMBRE POUR LA NUIT.

Et au dernier étage...
C'EST... UNE SUITE !
waaah, c'est haut !
UEDAAA !
VIENS VOIR !
HM ?
IL Y A UNE BELLE VUE ?
fuip
WAH ! C'EST CLAIR !
!!
RAIDE !

BLUSH
カァァ
APRÈS TOUT CE TEMPS, TU ROUGIS ENCORE...?
LA FERME !!
C'EST PARCE QUE TU TIRES UNE TRONCHE BIZARRE !!
Bizarre ??
J'PRÉFÈRE QUAND T'ES COMME D'HAB !
Mets pas tes mèches sur le côté !
FRITT
BON SANG, JE M'Y HABITUERAI JAMAIS...
Moi aussi je vais me mettre à l'aise
SHHP
EN FAIT, AKI...
POF
QUAND TU N'ES PAS HABITUÉ À QUELQUE CHOSE...
TU ROUGIS TOUT DE SUITE !
Quand je te prends par l'épaule, ou bien quand je suis proche...
LA FERME...
Pourtant, t'es capable de me mettre la main aux fesses sans problème !

BON, ET SI ON PASSAIT À UNE CHOSE À LAQUELLE TU ES HABITUÉ ?
HEIN ?
ASSIEDS-TOI SUR MES GENOUX ET FAIS-MOI UN CÂLIN.
CERTAINE-MENT PAS !
Et dis pas ça sur un ton aussi détendu !
AH !
OUTCH, JE CROIS QUE MA TÊTE ME FAIT ENCORE MAL...
Tu sais, à cause de ma blessure, quand j'ai voulu te protéger ...
...C'EST PAS DU JEU.
GRRR...
BLEH !
BON, PAS LE CHOIX.
FOUIP

C'EST... PLUTÔT OSÉ...
C'EST TOI QUI M'AS DIT DE LE FAIRE !
bisou
bisou
AAH
SERRE

HAA...
T'ES DÉJÀ EN ÉRECTION...
OUAIS... ON VA SUR LE LIT ?
C'EST VRAIMENT UNE BELLE CHAMBRE, J'AURAIS BIEN AIMÉ QU'ON PRENNE NOTRE TEMPS...
Ah !
J'AI PAS ENVIE QU'ON PRENNE NOTRE TEMPS !
Hey ! Touche pas comme ça !
frott..
frott..
SI TU VEUX QU'ON AILLE DIRECTEMENT AU LIT, VA FALLOIR ME DONNER ENVIE...
NH...
frott..

JE T'AIME, TOMOHARU.
....

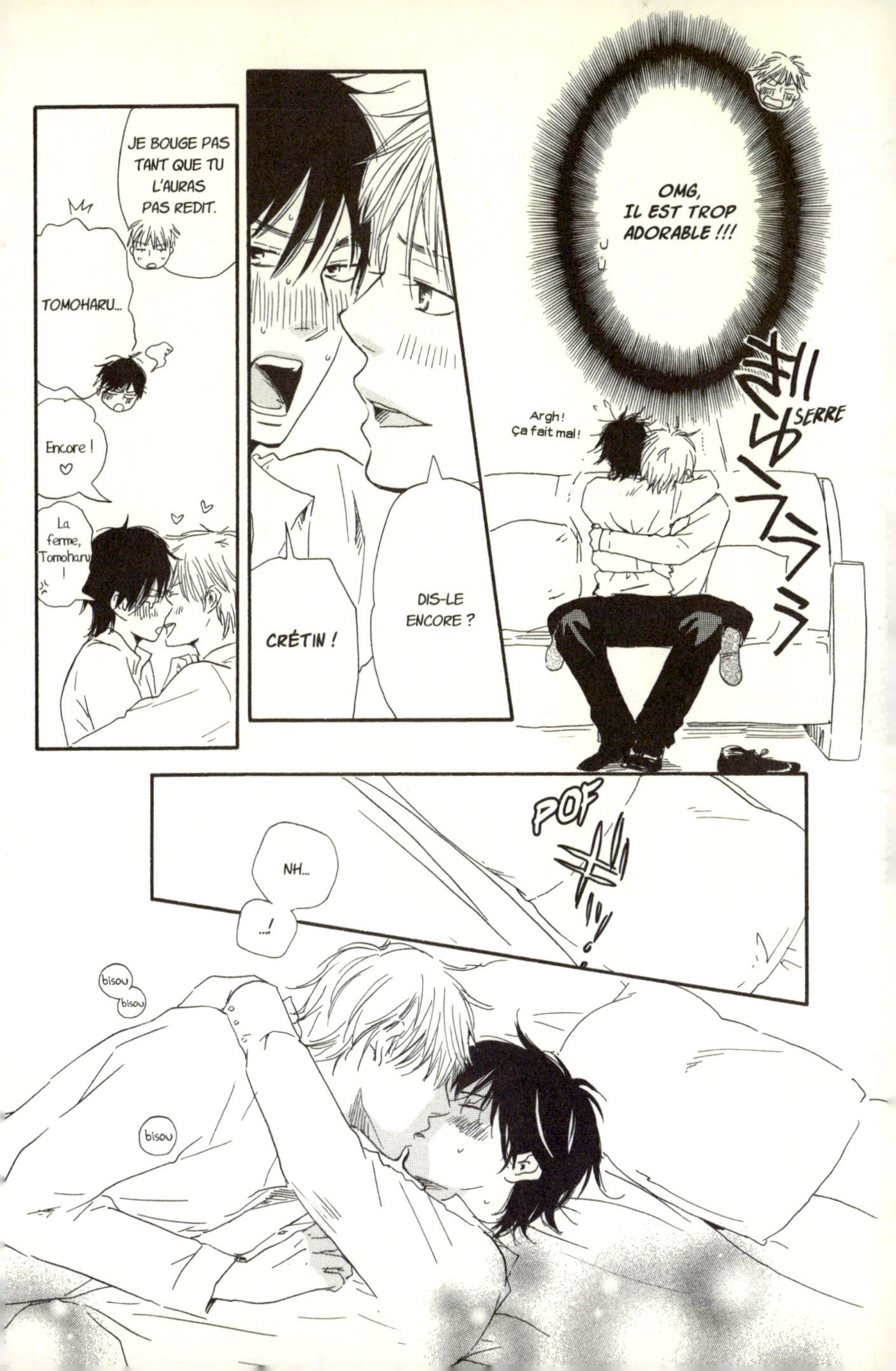
OMG, IL EST TROP ADORABLE !!!
SERRE
Argh ! Ça fait mal !
DIS-LE ENCORE ?
CRÉTIN !
JE BOUGE PAS TANT QUE TU L'AURAS PAS REDIT.
TOMOHARU...
Encore ! ♡
La ferme, Tomoharu !
POF
NH...
...!
bisou
bisou
bisou

BISOU
BISOU
NH...
PAS LÀ..
ATT...
POUIC
QUOI, TU VEUX PAS ?
MAIS T'AIMES BIEN LÀ POURTANT, NON ?
POUIC
POUIC
IDIOT...!
AH
AH
HA
BISOU
BISOU
N...NON...
AH !

BISOU
NH
BISOU
BISOU
NH
AH...
VOUIP
AH...
AH !
FLIP
Ah...
BON SANG, IL EST TROP MIGNON...
Nh...
FLIP
Hoo...
Nh...
FLIP
HAA...
TOMOHARU...
OUI...
DIS-LE ENCORE...

Ah
Nh
HAA...
BRRR
ARRÊTE...
DE ME TITILLER COMME ÇA !
FRISSONNE
FRISSONNE
BISOU
BISOU
TOMOHARU...
AH !
SPLUTCH
SPLUTCH
slurp
J'AI DU MAL À ME RETENIR DE TE SAUTER DESSUS...
EH BEN SAUTE-MOI DESSUS, BORDEL !
ah !
S'IL VOUS PLAÎT, M. LE POLICIER, PRENEZ-MOI...
AH
Hé !
TU VAS ME FAIRE JOUIR, ARRÊTE ÇA !

AH !
DAM
AKI...
HNN...
DAM
AH !
DAM
JE T'AIME...
NH...
Moi aussi...
...
BIP
BIP BIP BIP BIP
BIP BIP BIP BIP
BIP BIP BIP BIP

HÉ...
RÉVEILLE-TOI...
TU TRAVAILLES AUJOURD'HUI, NON ?
NH...
secoue
secoue
Ils ont pris soin de mettre leurs costumes dans le placard après avoir couché ensemble
BUUUH
ON AVAIT UNE SUITE RIEN QUE POUR NOUS ET ON EN A PRESQUE PAS PROFITÉ...
J'ai à peine dormi deux heures...
BAH, ON A UTILISÉ LE LIT JUSQU'À L'AUBE !
Et le bain ! Et le deuxième lit !
← Ils ont utilisé l'autre lit pour coucher ensemble.
ALLEZ, ON S'EN FOUT ! ON RENTRE À L'APPART !
WHOOP
Bon, où est mon caleçon ?
HEIN ??
ON PREND PAS LE PETIT-DÉJEUNER À L'HÔTEL ?
Et ensuite je vais au boulot direct... Ça sera moins stressant...
POURQUOI ON FERAIT ÇA ?
Hop !

JE VAIS TE FAIRE DES TOASTS !
TOMOHARU.
C'EST PAS LA PEINE...
JE SUIS COMPLÈTEMENT DINGUE DE CETTE BÊTE.
Like the Beast chapitre 6 FIN

AH, JE CROIS QUE CE TRUC EST MORT !
Ça fait brûler le pain !
HEIN ? AH BON ?
IL EST PAS CASSÉ...
Tu vois ? C'est grillé.
TIC TIC TIC TIC
!?
DING !
POURQUOI ??
Moi, c'était brûlé !!
........!!
Minuteur ??
IL Y A UN MINUTEUR, TU VOIS ? IL FAUT QUE TU LE METTES SUR 3 POUR LE PAIN.
Tu le tournes jusqu'au 8 puis retour au 3
TIC
J... J'VEUX ESSAYER !!
OK.
Tiens, une tranche
TIC TIC TIC
WAH !!
DING
!!
Hé hé !
Ha ha !
REGARDE !! J'AI RÉUSSI !!
YOUHOUU ! BIEN JOUÉ, MOI !
ALORS ON MANGE ?
MFU !
ALORS TU MANGES CELUI-CI, TOMOHARU !
!?
BOBOOM
MAIS POURQUOI IL EST AUSSI MIGNOOON ??
HÉ HO !
DÉPÊCHE-TOI DE MANGER !
FAUT QUE T'AILLES AU BOULOT !
Est-ce qu'on a le temps de le faire avant que j'aille bosser... ?

AU BOULOT
LIEDA ME DÉGOÛTE...
BLUSH
OH LÀ LÀ, UEDA-SAN ! IL VOUS EST ARRIVÉ QUELQUE CHOSE DE BIEN, NON ? C'EST ÉCRIT SUR VOTRE VISAGE !
Ah ? Vraiment ?

LIKE THE BEAST
CHAPITRE.6.5
ほんと野獣
第6.5話

ÇA FAIT PRESQUE SIX MOIS DEPUIS QU'ON A COMMENCÉ À SORTIR ENSEMBLE…
Oh, vous rentrez chez vous, Ueda-san ?
Rentrez bien, Ueda-san !
Merci !
ET NOTRE QUOTIDIEN EST UNE SUCCESSION D'IMPRÉVUS PLUS OU MOINS IMPORTANTS…
DE QUOI S'AGIRA-T-IL, CETTE FOIS ?

TCHAC
ガチャ
OH, TU ES LÀ !
VLAM
JE SUIS RENTRÉ, AKI !
... AKI ?

!?
Diplôme
WAH ! ÇA ME RAPPELLE DES SOUVENIRS ! C'EST L'ALBUM PHOTO DE L'ANNÉE OÙ J'AI ÉTÉ DIPLÔMÉ DE L'ACADÉMIE DE POLICE...
JE L'AI TROUVÉ SUR L'ÉTAGÈRE... ALORS J'AI JETÉ UN COUP D'ŒIL.
JE VOIS !
Wah, ça date d'il y a cinq ans ! J'ai une tête d'adolescent !
POUF
!?
ET ÇA, C'ÉTAIT COINCÉ À L'INTÉRIEUR !

C'EST QUI CETTE NANA ?
UNE FILLE DE MA CLASSE.
ELLE A L'AIR D'ÊTRE AMOUREUSE DE TOI !
C'EST CLAIR COMME DE L'EAU DE ROCHE !
!?
EH BIEN...
ELLE M'A FAIT SA DÉCLARATION, ET ON EST SORTIS ENSEMBLE QUELQUES TEMPS...

QUOI ? C'EST BIZARRE ?
TOMOHARU, TU... T'AS DÉJÀ EU QUELQU'UN AVANT ??
HEIIIIN ?
Pourquoi t'es aussi surpris ?
NON...
C'EST PAS QUE C'EST BIZARRE...
C'EST JUSTE QUE J'Y AVAIS JAMAIS RÉFLÉCHI AVANT...
AU FAIT QUE...
TU PUISSES APPARTENIR À QUELQU'UN D'AUTRE !

C'ÉTAIT IL Y A
TRÈS, TRÈS
LONGTEMPS...
AKI ?
QU'EST-CE
QU'IL Y A ?

CONNARD !
TOMOHARU, TU M'AS TROMPÉ !!
SBAF
...HEIN ?
GRAH
Aoutch !
QU'EST-CE QUE T'AS, AKI ?
GAH
ATTENDS !
WAH !
WHAM
CALME-TOI !
TAIS-TOI, ESPÈCE D'INFIDÈLE !

COMME ON POUVAIT S'Y ATTENDRE…
AGACÉ
SI POUR TOI, C'EST ÇA, TROMPER, ALORS TU M'AS TROMPÉ BEAUCOUP PLUS QUE MOI !
GEH
UN TYPE QUI, DANS LE PASSÉ, N'HÉSITAIT PAS À FAIRE N'IMPORTE QUOI AVEC N'IMPORTE QUI.
GRAH !
LA FERME !
ON PARLE PAS DE MOI, LÀ !
!?
EXCUSE-TOI !
QUOI ?
JE TE DIS DE T'EXCUSER !

T'ES BIZARRE, AKI.
ARRÊTE ÇA !
POF
....
TU M'AS... FRAPPÉ...
HEIN ??

NON, JE... C'ÉTAIT JUSTE UNE PETITE TAPE...
TOMOHARU, T'ES QU'UN CRÉTIN !!
BAM
DAM
CRACK
DAM
DAM
CRACK
DAM
......
QUE...

QU'EST-CE QUE C'ÉTAIT QUE ÇA...?
SCHRK
SCHRK
!
PAF
POC
OOOOH !
clap
clap clap
POF
PAF
GARDONS LA VILLE PROPRE !
N'arrachez pas les plantes sur votre chemin et ne donnez pas de coup de pied dans les canettes vides, ça se retournera contre vous...
TIENS ?
DÉJÀ DE RETOUR, JEUNE MAÎTRE ?
Pourquoi vous avez le front tout rouge ?
....

HEY, AKI ! ÇA FAIT UN BAIL !
T'es là, toi ?
J'avais du boulot ici !
VOUS N'AVIEZ PAS DIT QUE VOUS ALLIEZ PASSER LA NUIT CHEZ UEDA ?
RRR
?
GRRR
Oups
Mince, il a dû se passer un truc...
LA FERME !!
IL M'A TROMPÉ !! JE VEUX PLUS ENTENDRE PARLER DE LUI !!
UEDA ?? IMPOSSIBLE !
PAS SI IMPOSSIBLE QUE ÇA, ON DIRAIT !!
HEIN ??
TROMPÉ
?!
DAM
DAM
DAM
DAM

OOH...
UEDA-KUN L'A TROMPÉ...?
VLAM !
DAM
DAM
J'IMAGINE QUE CE N'ÉTAIT PLUS QU'UNE QUESTION DE TEMPS...
Ha ha ha
C'EST DUR POUR QUELQU'UN DE NORMAL DE SORTIR AVEC AKI...
MAIS ENFIN, ÇA A QUAND MÊME DURÉ QUELQUES TEMPS...
Jusque là, ça n'avait jamais tenu plus de trois mois...
...
ET MAINTENANT,
QUE VAIS-JE BIEN POUVOIR FAIRE POUR APAISER LE CŒUR BRISÉ DE MON COUSIN...?

....
FRSSCH
FRSSCH
MERDE !
TOC TOC !
コンコン!
HÉ HOOO !
AKI, J'ENTRE !
ENTRE PAS !
TROP TARD, J'AI DÉJÀ OUVERT LA PORTE !
Ah là là ! ♡

ÇA FAISAIT LONGTEMPS QUE J'ÉTAIS PAS RENTRÉ DANS TA CHAMBRE !
POF
AH, T'ES TOUT DÉCOIFFÉ...
LA FERME...
SOIS PAS SI DÉPRIMÉ !
POF
ÇA TE RESSEMBLE PAS !
D'HABITUDE, QUAND C'EST COMME ÇA, TU PASSES TOUJOURS AU PARTENAIRE SUIVANT ! TU VEUX QUE JE TE PRÉSENTE QUELQU'UN ?
J'AI PAS ENVIE...
BOBOM

...
ALORS...
DANS CE CAS...
ET SI JE TE RÉCONFORTAIS AVEC MON CORPS ? ÇA FAIT LONGTEMPS...
FUIP
WAH ! ♥
AKI, TA PEAU EST SUPER DOUCE !
GRAAAA
AAAH !
QU...

QU'EST-CE QUE TU FOUS, CONNARD ??
どす
SBAM
UGH
Chair de poule
OUIN
En plein dans mon ventre !
OUIN
QU'EST-CE QUI TE PREND, AKI ?
ESSAYE PAS DE ME CONSOLER ! DÉGAGE DE LÀ !
MAIS EUH ! TROP MÉCHANT !
LA FERME !!
VLAM
...
TUUUUUU
TUUUUUU
TUUUUUU
!?
TUUUUUU
TUUUUUU
TUU
Appels en absence
Ueda
Ueda
Ueda
Ueda
Ueda
Poulpe
Cinquième appel ignoré.
......

TOMOHARU, TU M'AS TROMPÉ !
SI POUR TOI, C'EST ÇA, TROMPER…
ALORS TU M'AS TROMPÉ BEAUCOUP PLUS QUE MOI !
IL A RAISON…
Mais ça m'a trop énervé…
MAIS… SI LE TYPE QUE J'AIME S'ÉTAIT ÉNERVÉ CONTRE MOI ET M'AVAIT DIT ÇA, ÇA M'AURAIT ÉNERVÉ AUSSI…
Je l'aurais probablement frappé…

MERDE...
DÉPRIMÉ........
IL ÉTAIT SUPER ÉNERVÉ...
ET C'ÉTAIT LA PREMIÈRE FOIS QU'IL ME FRAPPAIT...
Je te dis que c'était juste une petite tape !
PEUT-ÊTRE...
QU'IL ME DÉTESTE, MAINTENANT...?
TOMOHARUUUUU !
Hmpf
Tu me gaves.

MAIS JE ME SUIS BARRÉ EN HURLANT, JE PEUX PAS REVENIR EN DISANT SIMPLEMENT «DÉSOLÉ» !
UUUUH
UUUUUH
Et j'ai ignoré ses messages je sais pas combien de fois, ça le fait pas !
TCHAC
TOC
Jeune maître !
…tre…
maître …
UUUUH
Hé ho !
UUUUH
JEUNE MAÎTRE !!
WAH !!
LE POULPE…
QU'EST-CE QU'IL Y A ?
BLAF
UEDA EST LÀ !
HEIN ??
IL PATIENTE DANS LE SALON.

?
Les curieux.
!
MAIS C'EST UEDA !
Ça fait un bail !
!
JÔDOJI-SAN... BONSOIR.
PILE POIL LE TYPE QUE JE VOULAIS PAS VOIR...
Ha ha ha !
ALORS COMME ÇA, T'AS TROMPÉ AKI ?
JE L'AI PAS TROMPÉ.
HÉ, JE NE TE JUGE PAS !
JE SUIS SURPRIS QUE ÇA AIT DURÉ AUSSI LONGTEMPS !
JE VOUS DIS QUE JE NE L'AI PAS TROMPÉ

DE TOUTE FAÇON,
AKI TROUVERA PROBABLEMENT QUELQU'UN D'AUTRE DANS PAS LONGTEMPS.
Ce type n'écoute rien de ce qu'on lui dit...
C'est vraiment un avocat ?
ENFIN... PEUT-ÊTRE QU'IL NE POURRA PLUS COUCHER AVEC DES FILLES...
ÇA FAIT TELLEMENT QU'IL SE FAIT PRENDRE QUE SON CORPS A PEUT-ÊTRE CHANGÉ...
Façon porno
ET IL EST CARRÉMENT ÉROTIQUE, AUSSI... ♥
SA POITRINE ÉTAIT SUPER DOUCE TOUT À L'HEURE !
KEI, CONNARD !
LA FERME !
HEIN ?
Rah, Ueda, je suis trop jaloux !
GRRRR

QU'EST-CE QUE TU LUI RACONTES ENCORE, KEI ??
TA GUEULE !!
Ah, Aki
BAM
Waah, noon, il est trop en colère !!

...
JE RENTRE.
WHAM
JE TRAVAILLE DEMAIN.
HEIN ?
DÉSOLÉ POUR LE DÉRANGEMENT.
ATT...
VLAM
....

POURQUOI IL EST VENU, ALORS...?
SPAF
!!
ÇA...
ÇA FAIT MAL !!
ALORS MÊME UEDA SE MET EN COLÈRE PARFOIS...
Je l'avais jamais vu avec une aura si noire...
C'EST JUSTE QUE TU NE L'AVAIS JAMAIS VU, MAIS ÇA LUI ARRIVE DE TEMPS EN TEMPS...
QUAND C'EST LIÉ À MOI,
IL DEVIENT SOUVENT JALOUX, ET...
...JE SORS UN INSTANT !
TAP TAP TAP TAP
VLAM
On dirait qu'il s'en vante...

!
TOMOHARU !
Tch !
Je sais que tu m'entends !

GRAB
ガッ
JE T'AI DIT D'ATTENDRE !!
TU L'AS LAISSÉ TE TOUCHER...
C'EST PAS VRAI !!
C'est juste cet imbécile de Kei qui...
スタスタ
TAP TAP TAP TAP
HUM...
HÉ ! ÉCOUTE-MOI !
GUIP
JE...
HI
PAF

JE N'AIME QUE TOI !

...
bisou
bisou
bisou
...
JE NE T'AI PAS VRAIMENT TROMPÉ...
SERRE
JE SAIS...
C'EST JUSTE QUE J'ÉTAIS ÉNERVÉ...
PARCE QUE...
TU ES À MOI. JE NE TE CÈDERAI À PERSONNE...

AKI...
AKI !!
P... PAS ICI !!
FLOUP
FLOUP
FLOUP
FLOUP
eeh...
POURQUOI ?
Y'A PERSONNE.
C'EST PAS LE PROBLÈME !!

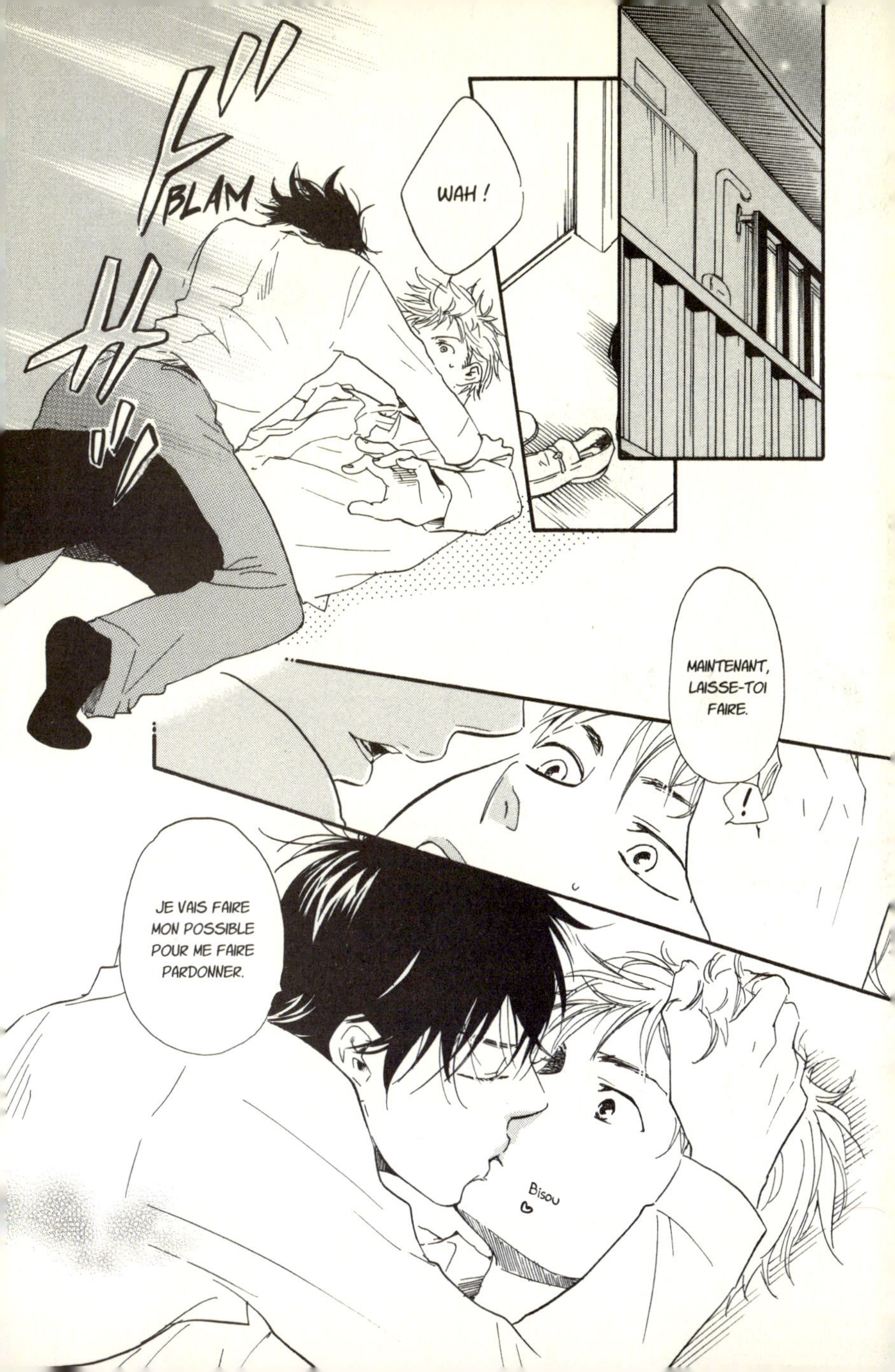
WAH !
BLAM
MAINTENANT, LAISSE-TOI FAIRE.
!
JE VAIS FAIRE MON POSSIBLE POUR ME FAIRE PARDONNER.
Bisou

FLOUP...
Hu ?
Je l'ai pas vu enlever ma ceinture...
Enfin bon...
FLOUP
FLOUP
OH !
C'EST VRAI !
HEIN ?
SBAFF !!
!?

POURQUOI T'AS FAIT ÇA ??
T'es malade ou quoi ??
C'EST PARCE QUE TU M'AS FRAPPÉ TOUT À L'HEURE. COMME ÇA, ON EST QUITTES.
Je t'ai pas frappé aussi fort !!
La ferme !
MAINTENANT, JE VAIS TE FAIRE DU BIEN...
Alors assieds-toi et détends-toi !
EST-CE QUE TOUS LES YAKUZA SONT PAREILS ?
J'ai encore tellement de choses à apprendre...
NON !!
Membre du clan Gotôda
Ne nous mettez pas dans le même panier !
Ah...
Ah !
Nh ...
......

Ah....
...
NHH...
slurp
slurp
ÇA AUSSI...
hh...
TOUT ÇA,
C'EST À MOI,
TOMOHARU...
AKI...
...

SLURP
GLISSE
......?
AH...
...
GLITCH
GLITCH
GLITCH

GLITCH
GLITCH
haa...
Nh
GLITCH
T'ES TROP SEXY, AKI...
ÇA VEUT DIRE QUE T'AS DE LA CHANCE...
PARCE QUE JE SUIS ENTIÈREMENT À TOI, TOMOHARU...

T'ES PUÉRIL...
OUI, MAIS JE SUIS À TOI. ♥
HMM... OUI...
T'AS RIEN MIS EN DESSOUS DE TA CHEMISE...
HEIN ?
IL A PAS GLISSÉ SA MAIN SOUS TA CHEMISE, QUAND MÊME, SI ?
SLURP
BOBOM
AR...
ARRÊTE !! JE SUIS DÉJÀ PRÊT ET TOUT !
Dépêche-toi de me prendre !
AH !
ALLONGE-TOI ET DÉTENDS-TOI.
!?

COMMENT JE SUIS CENSÉ M'ALLONGER ET ME DÉTENDRE ??
OK, OK !
N'en rajoute pas !
DÉPÊCHEZ-VOUS DE ME LA METTRE, M. LE POLIC...
MMPFF !!
smoutch
smoutch
plop

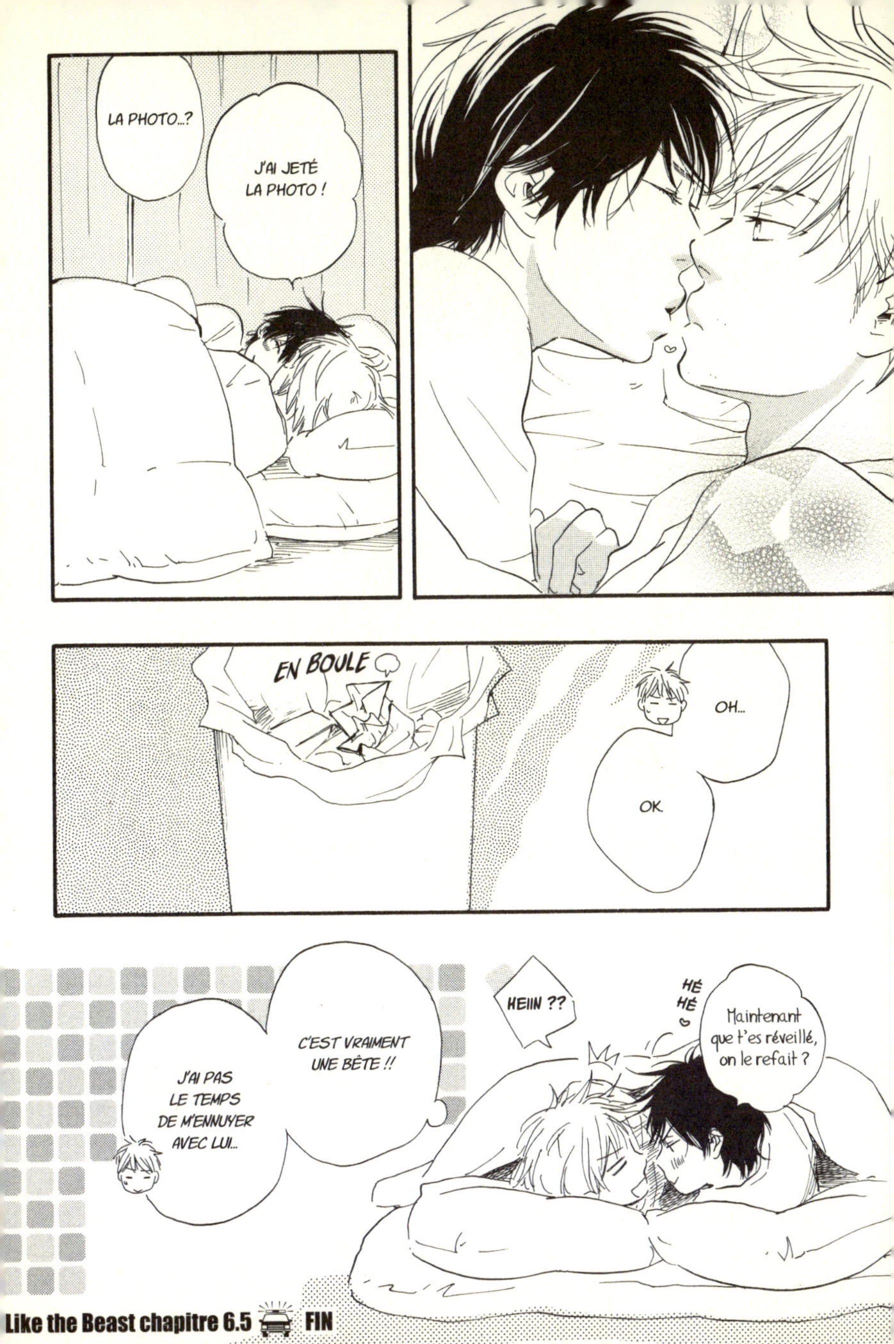

Like the Beast chapitre 6.5 FIN

Aki à l'époque de la seconde. Èvidemment, c'était un bad-boy. J'ai pensé à dessiner Ueda aussi, mais Ueda n'a pas tellement changé depuis sa jeunesse, alors j'ai trouvé ça ennuyeux et j'ai abandonné l'idée.
C... C'EST...
D'AILLEURS, IL A ARRÊTÉ APRÈS TROIS JOURS, UN GÂCHIS D'UNIFORME !
Et un gâchis de chaussures et de sac aussi !
C'était la rentrée.
ÇA DATE DE LA SECONDE.
TROP MIGNON... SON COU EST SI FIN !
L'histoire avec son cousin Jôdoji a commencé peu de temps après... ^_^;
LA BÊTE À 15 ANS !
Comme je l'ai mentionné dans les tomes précédents, Aki est du genre à tomber amoureux facilement, donc il a beaucoup d'expériences inutiles...
Comme l'histoire principale était très longue cette fois-ci, l'histoire bonus est assez courte. Désolée ! Je voulais ajouter plus de scènes de sexe (rires).
Kotetsuko a honte de l'avouer, mais c'est une fana des poitrines. Alors elle dessine beaucoup de scènes où on pelote des poitrines... Vraiment désolée.
Pourquoi j'suis là ?
SUR LES PAGES SUIVANTES, L'HISTOIRE BONUS !
Le nom entier de Yamase sempai est écrit dans la partie bonus !

LIKE THE BEAST
Les dossiers chauds d'Ueda et Aki 3

ON A VÉCU AUTANT DE TEMPS, TOI ET MOI, MAIS T'ES BIEN PLUS BARAQUÉ QUE MOI...
POF
JE ME DISAIS QUE SI J'ÉTAIS AUSSI COSTAUD QUE TOI, LES MEMBRES DU CLAN ME TRAITERAIENT AVEC PLUS DE RESPECT...
Aah, Aki, t'es trop mignon aujourd'hui !
ALLEZ VOUS FAIRE VOIR !!
Il est en colère !
Akiii !! Regarde par ici aussi !!
Bon sang !
Tiens, j'ai fait du thé.
JE... NE SUIS PAS SÛR QUE ÇA AIT UN RAPPORT...
Analogue
Tu veux pas acheter une télé à écran plat ?
Ouais...
L'auteur aussi devrait en acheter une.
ON VA SE COUCHER ?
OK.

HMM...
ON... VA PAS DORMIR ?
se déshabille
BEN SI.
QUOI, TU PRÉFÈRES DORMIR DIRECTEMENT SANS QU'ON FASSE RIEN D'ABORD ??
Alors qu'on dort dans le même futon ?
C'EST PAS UNE OPTION CONCEVABLE POUR TOI ?
HEIN ??

ME...
ME DIS PAS QUE C'EST PARCE QUE TU T'ES LASSÉ DE MOI !!
Comment je pourrais ?
C'EST QUOI CETTE HISTOIRE DE VOULOIR RIEN FAIRE ??
VIENS ICI.
C'EST BIEN AUSSI DE TEMPS EN TEMPS, TU CROIS PAS ?
FOUIP
mmmh
PEUT-ÊTRE...

T'ES SÛR QUE C'EST PAS PARCE QUE TU T'ES LASSÉ DE MOI ?
BOBOM
BOBOM
のしっ
GRAP
SECOUE
SECOUE
SECOUE
MAIS OUI, JE TE DIS...
SECOUE
ALORS ENLÈVE TA CHEMISE !
HEIN ?
JE VEUX QU'ON SOIT PEAU CONTRE PEAU !
Je veux pas être le seul à être à poil !
OK, OK...
FLOUP
AH...

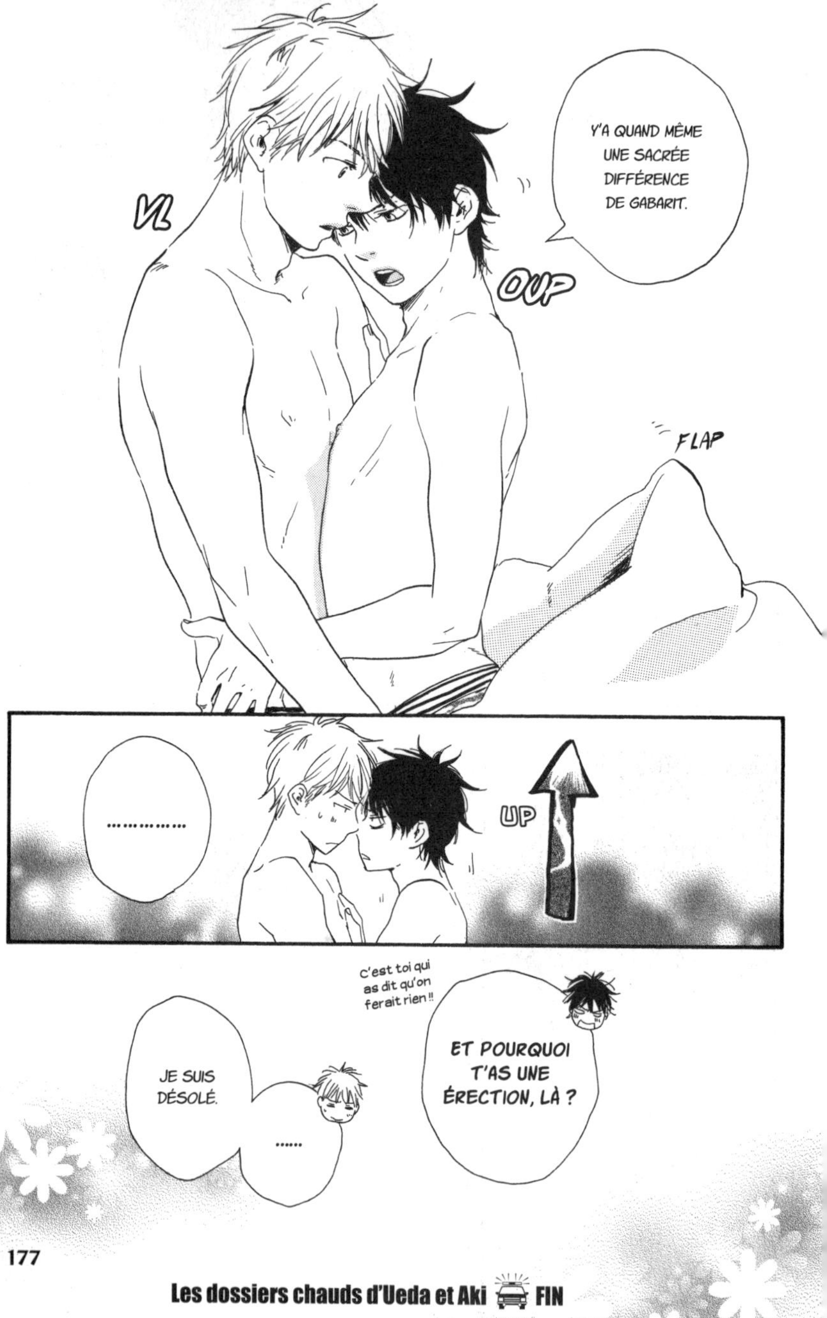

Les dossiers chauds d'Ueda et Aki FIN

MERCI BEAUCOUP !!

Kotetsuko Yamamoto

Et donc, à propos des volumes en vente de Like The Beast, si vous voyez le troisième volume, je compte sur vous. Les deux précédents volumes ont été mis en vente avec le CD du drama audio. Tout le monde a fait un superbe travail, mais ça voulait dire qu'il fallait que je dessine trois illustrations supplémentaires. Mais bon, comme j'adore ces personnages... (Narcissique...). Il va encore falloir que je fasse de mon mieux pour la suite. Merci de continuer à me soutenir !

Bon bon bon ! Voici enfin la fin de ce volume ! Merci beaucoup de m'avoir accompagnée jusqu'ici ! C'est le tome 3 de Like the Beast. C'est la première fois que je sors un tome 3 à une série. Je suis vraiment contente d'avoir pu en arriver là pour Like the Beast ! C'est grâce à vous ! Merci d'avoir lu !

Dans ce volume 3, Aki appelle enfin Ueda "Tomoharu" ! (rires) Alors qu'il a dit à Ueda de l'appeler Aki dès le premier chapitre... (rires) Je me suis rappelé une conversation où Nakamura-san, le doubleur d'Ueda dans le drama CD (Ndt : Yuichi Nakamura), et Kakihara-san, le doubleur d'Aki, (Ndt : Tetsuya Kakihara) disaient "ils l'ont déjà fait un million de fois, mais il continue à l'appeler Ueda... ". À force, c'est devenu sa façon naturelle de l'appeler... (rires)

Enfin, il avait juste besoin d'une occasion, hein ? Hein ? (^_^)
En tout cas, cette année encore (2010), merci de m'avoir laissée dessiner ces deux amoureux !

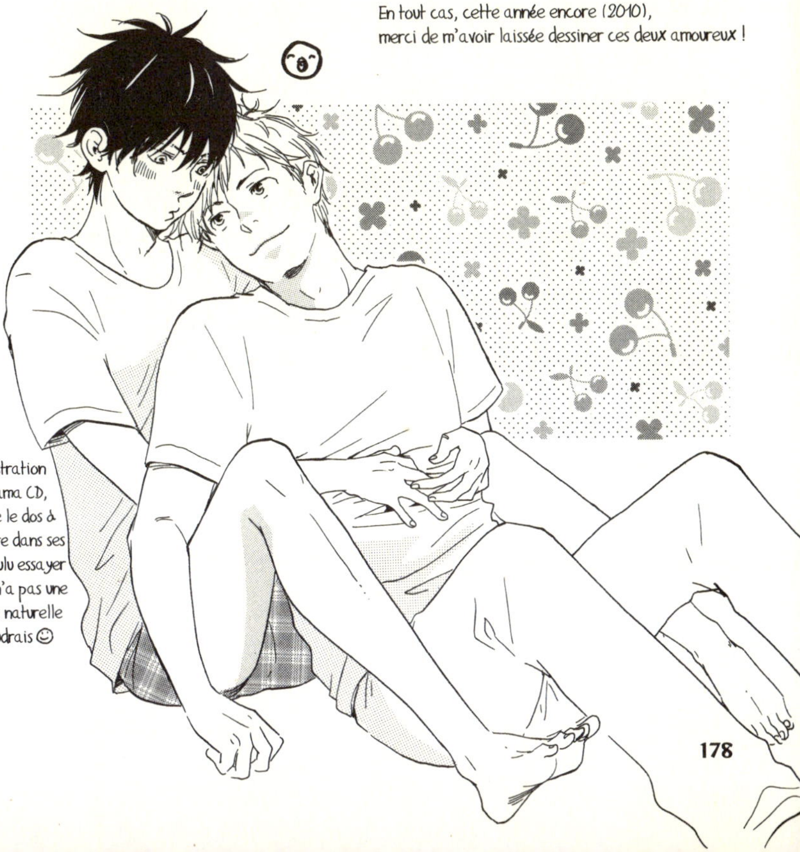

Dans l'illustration pour le drama CD, Ueda tourne le dos à Aki qui le serre dans ses bras. J'ai voulu essayer Mais le bras n'a pas une posture aussi naturelle que je le voudrais ☺

BONUS
LIKE THE BEAST

BY KOTETSUKO YAMAMOTO

Ouais, ça te va super bien !
Ça me va ?
AAH... COMMENCE À FAIRE FROID...
Pas envie d'aller patrouiller !
OUI, ON AURA BIENTÔT BESOIN DE METTRE UN MANTEAU PAR-DESSUS NOTRE UNIFORME !
GLISSE
DA DAAM
HEY ! ÇA CAILLE !
Incroyable...
IL FAUT AUSSI QUE J'ACHÈTE UN MANTEAU D'HIVER POUR AKI...
En donc du coup, un manteau en cadeau.
MERCI D'AVOIR ACHETÉ LIKE THE BEAST 3 !!

SEMPAI
YASUYUKI YAMASE (26)
À peu près de la même taille qu'Aki.
Mais Aki est plus mince.
Il est officier de police comme Ueda. Il vit dans une résidence. Actuellement, il recherche une petite copine.

LIKE THE BEAST VOL.3

Dépot légal : Juillet 2013
ISBN 978-2-36877-060-3

Adaptation graphique : 3rd Studio
Lettrage : Pierrick Gontero
Traduction et Adaptation : Laurie Asin
Responsable Editorial : Anthony Graci

Nos remerciements à toute l'équipe de www.Yaoi-Juice.com

Imprimé par GZ Digital Media as